Itsy bitsy b
and her bonne fée

Alisha Drew

DEDICATION

To Maud RB – For translating from English to French.

To Sophia, my daughter, for her beautiful illustrations.

Beatrice, is the smallest bee in her town.
She's known as 'Itsy bitsy Bea'.
Bea spends her days feeling very sad, because she can't
do all of the things everyone else does.
Bea wants to ride the big bee rides at the fair.
She doesn't want to be told, "You're just too itsy bitsy, Bea."
And Bea especially wants to fly as high as her family do, to get
to the prettiest flowers in the tall, tall trees.
But as always, she's told, "You're just too itsy bitsy, Bea."

So one night before bed, Bea prays and prays, as hard as she can. She prays that she would wake up and be the biggest bee in town.

Just as Bea is praying for a 5th time, a great, and powerful
bonne fée hears Bea's prayer, she waves her wand, and appears in front of Bea.

"Hello Beatrice, I am your bonne fée, you may call me Bonnie. I am here to grant you your wish to be the biggest bee in town."

With a flick and a swish, Bea grows in size.
She grows, and grows.. and grows!

"I really am the biggest Bee!" Shouts Bea.

"If at the end of the day tomorrow, you are truly happy with being a big bee, you may stay this way forever." Explains Bonnie.

Bea agrees, and Bonnie leaves.

Bea soon realises that she's too big for her bed, so she can't sleep in there.

Bea goes downstairs to sleep on the sofa instead, Crashing into everything on the way down.

Morning arrives, and Bea's family are in shock. But Bea quickly explains what went on the night before. Still confused, they leave to get on with their day.

BEA'S BIG BROTHER BILLY,TAKES BEA TO THE PARK.

BUT BEA SOON REALISES THAT SHE IS TOO BIG TO GO ON ANYTHING.

SHE TRIED THE SLIDE, BUT

WAS TOO BIG TO CLIMB. SO SHE TRIED THE SWING, BUT IT QUICKLY

BROKE.

"YOU'RE JUST TOO BIG BEA, LET'S GO TO THE FAIR INSTEAD." SAYS

BILLY.

BUT WHEN THEY GET TO THE FAIR, AGAIN, BEA REALISES, SHE'S TOO BIG FOR THE RIDES!

SHE TRIED TO SIT ON THE SEAT ON A ROLLER COASTER, BUT WOULDN'T FIT.

"I'M SORRY BEA, YOU'RE JUST TOO BIG." SAYS THE RIDE INSTRUCTOR.

BEA WAS FEELING SAD, AND THOUGHT THAT MAYBE, BEING BIG ISN'T AS FUN AS SHE THOUGHT IT WOULD BE.

BILLY AND BEA GO HOME, AND BEA GOES TO HER ROOM, STILL FEELING REALLY SAD.

"I DON'T THINK I LIKE BEING THE BIGGEST BEE IN TOWN. I CAN'T DO ANYTHING I THOUGHT I WOULD BE ABLE TO DO. I MISS BEING ITSY BITSY BEA." SHE WHISPERS TO HERSELF.

BEA'S BONNE FÉE, BONNIE BEE, HEARS BEA'S WHISPERS, AND APPEARS BEFORE HER.

"HOW DID TODAY GO, BEA? DO YOU STILL WISH TO BE THE BIGGEST BEE?" ASKS BONNIE.

"I didn't like it, maybe wishing to be the biggest bee in town wasn't such a good idea. I would like to be itsy bitsy again please." Cries Bea.

With a flick, and a swish of Bonnie's wand, Bea shrinks back to her itsy bitsy size again.

"Oh thank you Bonnie! I'm so happy to be small again, being so small isn't such a bad thing after all. I'll never take being itsy bitsy Bea for granted ever again!"

THE END.

Itsy bitsy Bea and her bonne fée
FRENCH

Beatrice est la plus petite abeille de la ville.
Elle est connue comme 'la toute petite Bea'.

Bea passe ses journées à se sentir très triste car elle ne peut pas faire toutes les choses que les autres font.
Bea veut monter sur les manèges pour les grandes abeilles à la fête foraine.
Elle ne veut pas qu'on lui dise 'Tu es juste trop petite Bea'.
Et Bea veut particulièrement voler aussi haut que sa famille, pour atteindre les plus belles fleurs, tout en haut dans les plus grands arbres.
Mais comme d'habitude, on lui dit 'Tu es juste trop petite Bea'.

Alors une nuit avant d'aller se coucher,

Bea prie et prie, aussi fort qu'elle le peut.

Elle prie qu'elle se réveille et qu'elle est devenue

la plus grande abeille de la ville.

Juste quand Bea répète sa prière pour la 5eme fois, une grande et puissante fée entend la prière de Bea Elle agite sa baguette magique et apparaît juste devant Bea.

'Bonjour Beatrice, je suis ta bonne fée, Je m'appelle Bonnie. Je suis là pour réaliser ton vœu d'être la plus grande abeille de la ville.'

D'un coup de baguette magique, Bea grandit.

Elle grandit, grandit, et grandit!

'Je suis vraiment la plus grande abeille!'

s'exclame Bea.

'Si en fin de journée demain, tu es vraiment heureuse d'être une grande abeille, tu devras rester comme ça pour toujours' explique Bonnie.

Bea accepte et Bonnie part.

Bea réalise rapidement qu'elle est trop grande pour son lit, donc elle ne peut pas dormir dedans.

Bea descend les escaliers pour aller dormir sur le canapé à la place, se cognant partout en chemin.

Le matin arrive et toute la famille de Bea est stupéfaite. Mais Bea leur explique rapidement ce qui s'est passé pendant la nuit. Encore confus, ils quittent la maison pour commencer leur journée.

Le grand frère de Bea, Billy, l’emmène au parc. Mais elle réalise tout de suite
qu’elle est trop grande pour aller sur quoi que ce soit.
Elle essaie le Toboggan, mais elle casse immédiatement.
"Tu es trop grande Bea, allons à la fête foraine a la place" dit Billy.

Mais quand ils arrivent à la fête, de nouveau, Bea réalise à nouveau qu'elle est trop grande pour les manèges.

Elle essaie de s'assoir sur un siège dans un des wagons des montagnes russes mais elle ne rentre pas dedans.

'Je suis désolé Bea, tu es trop grande' dit le forain.

Bea se sent triste, et commence à se dire qu'être grande n'est pas aussi amusant qu'elle pensait que ce serait. Billy et Bea rentrent à la maison, et Bea va dans sa chambre, se sentant encore très triste.

"Je ne pense pas que j'aime être la plus grande abeille de la ville. Je ne peux faire aucune chose que j'espérais faire. Etre la toute petite Bea me manque" soupire-t-elle en elle-même...

La bonne fée de Bea, Bonnie l'abeille, entend ses chuchotements et apparaît devant elle.

'Comment ça a été aujourd'hui Bea? Souhaites-tu encore être la plus grande abeille de la ville?' demande Bonnie.

"Je n'ai pas aimé du tout ! Peut-être que de souhaiter être la plus grande abeille de la ville n'était pas une si bonne idée que ça. Je voudrais redevenir la Toute Petite Bea s'il te plaît" pleure Bea.

D'un coup de baguette magique, Bea rétrécit et redevient la Toute Petite Bea.

"Oh merci Bonnie! Je suis tellement contente d'être de nouveau toute petite, être petite n'est peut-être pas si mal après tout! Je ne remettrai jamais plus en question d'être la Toute Petite Bea"

THE END

Printed in Great Britain
by Amazon